AF495273

LE TRIOMPHE

DE LA

BONNE CAUSE.

LE TRIOMPHE

DE LA

BONNE CAUSE,

LE VRAI BONHEUR

RENDU AU PEUPLE

PAR

LA GLORIEUSE POSSESSION

DE SON LÉGITIME SOUVERAIN,

ET

PAR UNE ALLIANCE AUGUSTE.

(Apologue imité de Saady.)

PARIS,

A. DUBRAY, Imprimeur du Musée Royal et du Jardin du Roi,
rue Ventadour, N.° 5.

---

18 Juin, 1816.

LE TRIOMPHE

DE LA

BONNE CAUSE.

DES Cygnes régnaient paisiblement dans une île peuplée d'oiseaux, leur auguste dynastie, célèbre par des siècles de gloire et de bienfaisance avait, de tems immémorial, réuni tous les suffrages en leur faveur; lorsque des Vautours, des Corbeaux et des Pies, la plupart de vils factieux, ou venus de pays étrangers, jaloux de leur plumage d'argent et de leur pouvoir suprême, commencèrent à former contr'eux une cabale d'abord impuissante; la sagesse du gouvernement des Cygnes fut traitée par eux de monotonie, la blanchenr ne fut plus à leurs yeux qu'une couleur fade et insipide, insensiblement le parti des Vautours, des Corbeaux et des Pies, devint une faction dominante. La dynastie des Cygnes disparut, et le goût de la Nation changea du blanc au noir.

Mais des héros illustres et magnanimes, les augustes Souverains des îles voisines, et les Aigles impériales et royales du Nord, justement indignés des crimes atroces d'un empire trop long-temps usurpé, accoururent du fonds de leurs états, et, après une résolution ferme et unanime, ils déployèrent enfin leur puissance pour venger la cause de tous les Rois et de tous les Peuples, par l'anéantissement des plus effroyables usurpateurs qui aient jamais existé, afin de rendre l'équilibre, la paix générale au monde, et leurs légitimes souverains aux diverses Nations dont les malheurs et les continuelles allarmes firent place aux sentimens de joie, d'admiration et d'une vraie et respectueuse reconnaissance envers d'aussi généreux libérateurs.

Déjà, depuis ce fortuné moment, l'on jouissait des douceurs de la paix sous le règne bienfaisant d'un Monarque dont les hautes vertus, le courage héroïque, la clémence et les droits imprescriptibles de l'hérédité sont les gages les plus certains du bonheur de ses sujets, déjà le commerce, les arts, le crédit renaissaient et commençaient à réparer les désastres d'une longue révolution, lorsque soudain, les brandons de la guerre et des discordes civiles furent rallumés par la plus horrible conspiration des régicides et des usurpateurs, qui, par l'audace de leurs entreprises et des trahisons sans exemple, obligèrent, de nouveau, les fidelles défenseurs des trônes légitimes, à courir aux armes pour triompher une seconde fois des vains efforts de la rebellion.

Cependant, malgré une opiniâtre résistance, ils entrèrent, encore moins en vainqueurs qu'en amis, dans les principales villes de leur ancien et auguste allié, où, par un acte de justice solennelle et pour satifaire aux désirs ardens des peuples, ils proclamèrent le prompt et l'heureux retour de l'auguste dynastie des cygnes, qui bientôt arrivèrent majestueusement dans leur héritage, précédés par-tout des acclamations de la joie la plus vive et des nobles enseignes des lis, vrais symboles de la candeur et de la félicité publique.

On vit alors s'opérer les plus agréables changemens. Le peuple du royaume des Cygnes, dont les mœurs sont naturellement douces et bienfaisantes, ayant déjà éprouvé tous les maux d'une cruelle anarchie, abjurait depuis long-temps les funestes égaremens où une faction ambitieuse et sanguinaire l'avait plongé, et plus fatigué encore des excès d'une monstrueuse tyrannie qui lui succéda, qui désolait toutes les familles, il gémissait, dans un morne silence, sous le poids de l'opression, pénétré des regrets les plus vifs, et faisant des vœux sincères pour le prompt retour de ses naturels et légitimes souverains.

Des braves guerriers, qui ne perdirent jamais rien de leur gloire, qu'on laissa si souvent manquer des premiers besoins et de prompts secours, lorsque même ils étaient couverts d'honorables blessures sur les champs de bataille, où toujours des flots de sang furent répandus, sans aucun motif d'utilité ou de salut pour leur patrie, mais uniquement pour servir la féroce ambition des Vautours, et leur insatiable rapacité, ayant enfin reconnu qu'on les avait indignement trompés, qu'ils étaient les innocentes victimes de leur aveugle dévouement pour une cause injuste et généralement réprouvée, ils n'hésitèrent plus, à l'exemple de leurs dignes chefs, d'arborer la plus noble des couleurs, de se ranger sous le Gouvernement tutélaire de leur Roi légitime, et de lui jurer fidélité.

Les Pies, désirant aussi de porter une décoration uniforme et sans tache, renoncèrent bien vîte à leurs variétés de couleurs et de langages, ce que la gracieuse bonté des Cygnes approuva, en captivant tous les cœurs par la réunion de tous les partis et de toutes les pensées.

Les Vautours et les Corbeaux, les seuls grands coupables envers les Rois et envers les Nations, furent relégués dans les ombres d'une nuit éternelle.

Leurs complices, qui jouissaient d'une grande

influence, par les divers emplois qu'ils occupaient dans le gouvernement, ne tardèrent pas non plus à être mis hors d'état de pouvoir désormais préparer et seconder les conspirations, en essayant de répandre des fausses alarmes, le trouble et la terreur qui sont les moyens ordinaires que leur secte impie emploie pour égarer le peuple.

Ce mémorable événement fut célébré avec allégresse dans tous les pays, par des actions de grâces solennellement rendues au suprême régulateur de l'univers. Depuis ce beau jour, après vingt-cinq ans de calamité, la Nation recouvra enfin son bon et ancien gouvernement qui la fit jouir de tous les avantages d'une paix générale, et d'une charte qui lui fut accordée par l'ineffable bonté et par la haute sagesse de son auguste monarque, pour abolir les lois tyranniques, et fixer les devoirs, les droits et l'état des familles auxquelles leurs fils furent immédiatement rendus.

Tant de précieux dons, furent le premier résultat de l'heureux retour et de l'auguste volonté du souverain légitime, désiré depuis si long-tems de ses fidelles serviteurs et sujets, dont il est un tendre père qui vient de mettre le comble au bonheur de tous ses enfans, par l'auguste alliance d'un prince chéri avec une illustre princesse, dont la gracieuse présence et l'extrême bonté sont un nouveau gage des plus douces espérances et de l'allégresse générale du peuple, qui jouit déjà du bienfait le plus grand que le ciel ait pu lui accorder, en lui ayant rendu le meilleur des Rois, une héroïne, l'ange tutélaire du royaume, et des princes magnanimes, qui, par leur bienfaisance et par leurs vertus héroïques, sont les dignes héritiers de leurs illustres aïeux et du souverain, le chef auguste de la famille royale, afin de fixer, (à jamais,) les hautes destinées de la monarchie, et la prospérité publique.

Une œuvre aussi grande et aussi sublime, qui a été, sans doute, l'accomplissement des décrets de la divine providence, immuable protectrice de la bonne cause, passa à la postérité, et fut un exemple salutaire aux Nations, pour leur repos, pour leur gloire, pour la conservation de leur vrai bonheur, et pour les préserver, à l'avenir, des perfides cabales et des pièges des factieux, qui font toujours, du peuple, le principal instrument de leurs coupables desseins, et le précipitent ainsi dans l'abîme des révolutions, en lui faisant commettre toutes sortes de crimes au mépris de la religion, des lois, de la fidélité et du respect que chacun doit à un gouvernement paternel et à ses magistrats.

EXPLICATION.

La dynastie des Cygnes désigne l'auguste Maison régnante.

L'Ile peuplée d'oiseaux, désigne la France et la variété des partis qui existaient alors.

Les Vautours, désignent tous les usurpateurs, pendant la révolution.

Les Corbeaux, désignent les régicides.

Les Pies, désignent les jacobins, en général.

Une Cabale d'abord impuissante, explique les journées des 5 et 6 Octobre 1789, où les factieux ne purent exécuter leur affreux projet.

Les Souverains des Iles voisines, désignent l'Angleterre, l'Espagne, le Portugal, les Deux-Siciles, la Sardaigne, la Suède et le Danemarck.

Les Aigles impériales et Royales du Nord, désignent l'Autriche, la Russie, la Prusse, les Pays-Bas, la Bavière, la Saxe et le Wurtemberg.

Une Alliance auguste, désigne le Mariage illustre qui est le sujet actuel des fêtes et des réjouissances publiques.

Une OEuvre aussi grande et aussi sublime, explique la morale de cet Apologue, ou Opuscule.

www.ingramcontent.com/pod-product-compliance
Ingram Content Group UK Ltd.
Pitfield, Milton Keynes, MK11 3LW, UK
UKHW021019220726
13924UKWH00001B/81